AF509769

INTERMEDES
POVR
VNE COMEDIE.

AVANT-PROPOS.

CEs Intermedes ont esté composez, lors que le Roy arriva de la Campagne de Hollande ; Et comme on n'avoit point déterminé à quelle Comedie on les lieroit, ils sont plûtost un essay de ce qu'on auroit pû faire avec plus de loisir, qu'un ouvrage parfait. Le progrez surprenant des Armes de Sa Majesté, demande pour estre dignement loüé, une matiere plus estenduë ; le temps la fournira peut-estre, & voicy seulement une legere idée de la maniere dont on voudroit la traitter.

A

PROLOGVE DE LA COMEDIE.

LE Theatre represente les Iardins de Flore, où l'art & la nature étallent à l'envy ce qu'ils ont de plus beau : Les *Graces*, les *Ieux*, & les *Ris*, qui font ordinairement leur sejour dans ces lieux enchantez, viennent inviter le Roy à se delasser des travaux de la Guerre.

LES GRACES.

SOrtez des bras de la *Victoire*
Grand Roy couvert de gloire,
Venez passer dans ces Iardins charmans
Quelques agreables momens :
Pour estre heureux, il faut méler la vie,
L'odeur des fleurs, le murmure des eaux,
Le tendre concert des oyseaux.
Tout icy vous convie
A faire succeder les plaisirs aux travaux.

LES IEUX ET LES RIS.

Il ne sied pas mal aux Heros
De goûter un peu de repos,
Apres une grande Victoire ;
Ecoutez nos conseils, secondez nos desirs,
Ne donnez pas tous vos jours à la gloire
Vous en devez quelques uns aux plaisirs.

LES GRACES reprennent.

Pour estre heureux il faut mêler la vie ;
L'odeur des fleurs, le murmure des eaux,
Le tendre concert des oyseaux,
Tout icy vous convie
A faire succeder les plaisirs aux trauaux.

LES IEUX ET LES RIS repetent

Il ne sied pas mal aux Heros
De goûter un peu de repos
Apres une grande Victoire.

Tous ensemble.

Ecoutez nos conseils, secondez nos desirs,
Ne donnez pas tous vos jours à la gloire,
Vous en devez quelques-uns aux plaisirs.

Les Divinitez qui president à la culture de ces superbes Iardins, viennent faire une entrée, où les *Ris* & les *Ieux* se mêlent. Ils changent la disposition des Statuës de marbre, & des Vases de fleurs qui en font l'ornement, & pendant que les *Graces* vont chercher *Flore*, ils font paroistre des jets d'eau à la place des Vases, & des *Nayades* à celle des statuës: Les *Nayades* se joignent aux Divinitez des Iardins, & les *Ris* & les *Ieux* accompagnent ces danses de leurs chans.

LES RIS ET LES IEUX.

PAr des Feſtes nouvelles
Celebrons ce grand jour
Mêlons des chans aux danſes les plus belles ;
Apres tant d'alarmes cruelles,
Les Ieux, & les Plaiſirs, doivent avoir leur tour.

Les Vaſes de fleurs & les ſtatuës de marbre reprennent leur premiere forme : La paliſſade du fond
s'ouvre, *Flore* avance portée ſur les aiſles de Ze-
phire, & ſuivie des Graces qui rentrent avec elle;
Les *Zephirs* qui l'accompagnent luy élevent des
berceaux. Les fleurs naiſſent ſous les pas de la Deeſſe,
& ſe raſſemblent d'elles-meſmes pour former au
milieu de ces berceaux, un lict delicieux, ſur lequel
elle ſe repoſe.

FLORE.

TOut refleurit dans mon Empire,
   Et tout ce qui vit ſoubs mes loix
Annonce le retour du plus puiſſant des Roys ;
Mais ſi la valeur qui l'inſpire
Nous l'enlevoit vne ſeconde fois
Tout languiroit dans mon Empire.

Les *Ris*, les *Ieux*, & les *Graces* ſe joignent à
Flore, & invitent l'*Amour* à deſcendre pour retenir
le Roy.

LES RIS, LES IEUX ET LES GRACES.

POur arrester les belles Ames
Il n'est que l'Amour & ses flammes,
Et c'est pour les plus nobles cœurs
Que sont ses plus vives ardeurs.

FLORE.

Amour, Amour, fais-nous voir ta puissance,
Viens retenir ce grand Roy dans ces lieux.

LES GRACES.

Amour?

LES RIS, ET LES JEUX.

Amour?

LES GRACES.

Nostre unique esperance.

FLORE.

Amour viens te montrer le plus puissant des Dieux.

Tous ensemble.

Amour, Amour, nostre unique esperance.
Amour viens te montrer le plus puissant des Dieux.

L'Amour descend de son Palais, accompagné

de la *Ioye*, des *Plaisirs* & des *Amours* : Les *Zephirs*
changent les berceaux de fleurs en une Sale de ver-
dure entourée de niches : *Flore* se leve de son lict qui
fait place à un Trône de gazon sur lequel l'*Amour*
s'assit ; Les petits *Amours* occupent les niches de
cette Sale, les *Zephirs* dansent à l'entour, pendant
que *Flore*, les *Graces*, les *Ieux*, & les *Ris*, repetent
les Vers precedens, apres quoy l'*Amour* chante seul
ceux qui suivent.

L'AMOVR.

DElassez vous, grãd Roy, des travaux de la gloire,
Goutez paisiblement mes secrettes douceurs,
Reposer dans mes bras apres une Victoire,
Fut toûjours le destin des plus fameux Vainqueurs.

La Guerre a ses plaisirs, la Victoire a ses charmes,
Ie ne m'oppose point à leurs nobles ardeurs ;
Mais pour qui veut gouter le plus doux fruit des arme
Il faut que leur progrez asseure mes faveurs.

Tous ensemble.

Ha l'heureux sort ! qu'il est digne d'envie !
Heureux qui partage ses jours
Entre la Gloire & les Amours,
Que de plaisirs, la Victoire est suivie !
Quand le Vainqueur voit partager ses jours,
Entre la gloire & les Amours.

Ces deux troupes ſe partagent, & chacune s'ef-
force de mettre des bornes aux travaux de ce Monarque infatigable.

FLORE, LES GRACES, LES JEUX
ET LES RIS.

Eſſuyons la noble pouſſiere
Qui couvre ſes Lauriers.

L'AMOVR, LA JOYE, ET LES PLAISIRS.

Et fermons la cariere
De ſes travaux gueriers,

FLORE, LES GRACES, LES IEVX
ET LES RIS.

Dans les plus fameuſes Conqueſtes
Il ſe mêle ſouvent des pleurs.

L'AMOVR, LA JOYE, ET LES PLAISIRS.

Et l'art de ſoumettre des teſtes
Ne fait point ſentir les douceurs,
Qu'on trouve à ſoumettre des cœurs.

I. TROVPE.

Ha la douce Victoire !

II. TROVPE.

Ha la charmante Gloire !

Toutes les deux.

Nous devons aux Amours
Les plus beaux de nos jours.

I. TROVPE.

Suivons le doux penchant où l'âge nous convie.

II· TROVPE.

Et passons en aymant le meilleur de la vie,

Toutes les deux.

Nous devons aux Amours
Les plus beaux de nos jours.

L'Amour appuye ces tendres sentimens, & invite à suivre ces maximes.

L'AMOVR.

Profitez, charmante jeunesse,
D'un advis si juste & si doux ;
Qu'à le suivre chacun s'empresse,
L'aymable temps de la tendresse
Est le plustost passé de tous.

Flore & la *Ioye* se rangent du party de l'*Amour*, & montrent que sans luy les plus grandes beautez de la nature ne toucheroient point nos Ames.

FLORE

FLORE ET LA JOYE.

En vain dans les plaines fleuries
On voit folaſtrer les Zephirs,
En vain les bois & les prairies
Offrent aux yeux mille plaiſirs
Sans d'amoureuſes réveries
Il flateroient peu nos deſirs.

Tous enſemble.

L'âge vient, l'Amour preſſe
Aymons & repetons ſans ceſſe,
Que le plaiſir d'aymer eſt doux !
Profitez-en, belle jeuneſſe,
L'aymable temps de la tendreſſe
Eſt le pluſtoſt paſſé de tous.

Une partie des *Zephirs* emporte la Sale de ver-
dure, l'autre enleve *Flore* dans une grotte qui paroiſt au bout de ces Iardins ; le Trône de gazon ſe
change en des nuages brillans, ſur leſquels l'*Amour*
remonte dans ſon Palais, accompagné des *Graces.*
Quelques *Amours* s'envolent avec luy, & d'autres
danſent pendant que les *Ris ,* les *Ieux ,* la *Ioye ,* &
les *Plaiſirs* qui reſtent pour travailler au divertiſſe-
ment qu'on prepare, repetent,

L'âge vient, l'amour preſſe,
Aymons, & repetons ſans ceſſe ,

Que le plaisir d'aymer est doux !
Profitez-en, belle jeunesse,
L'aymable temps de la tendresse,
Est le plustost passé de tous.

PREMIER INTERMEDE.

Apres le Prologue on joüe le premier Acte de la Come-
die, & il est suivy de cet Intermede.

LA Scene represente tout à la fois des Villes, des Forests, & des Campagnes, que le *Soleil* éclaire du Zodiaque; Il paroist dans un Char éclatant accompagné des Heures; elles se détachent sur des nuages qui disparoissent si-tost qu'elles sont descenduës, & font une entrée en se donnant la main, parce qu'elles se suivent; Pendant cette entrée le Char du *Soleil* avance.

LE SOLEIL.

DEpuis que je donne le jour,
Et que je regle les années,
Ie n'ay point encor veu dedans mon vaste tour,
De Monarque remplir si bien ses Destinées;
Rien ne s'oppose à luy qu'il ne sçache dompter,
Et les mortels peuvent conter,
Ses Victoires par mes journées.

Le *Soleil* descend de son Char, les Heures fi-

gurent autour, & le reportent dans le Ciel enle-
vé par d'autres nuages qui fortent de la terre.

LE SOLEIL continuë.

De tant de Royaumes fameux,
Que j'éclaire de ma prefence,
Il n'en eft point de plus heureux,
Que la Superbe France :
Tout tremble, au feul nom de fon Roy ;
Tout craint le fuccez de fes Armes,
Seule, exempte de cet effroy,
Elle goûte en repos, le fruit de tant d'alarmes.

Pendant que le *Soleil* chante, le *Parnaffe* avance
du fond du Theâtre, les *Mufes* y font placées, la
Fontaine d'Ypocrene y coule fous les pieds du
Cheval Pegafe, & plufieurs Poëtes s'empreffent de
boire de l'eau de cette Fontaine : *Apollon* prend
a place au millieu des *Mufes*, & les invitent à chan-
er les loüanges de cet Augufte Monarque.

APOLLON.

Chantez, Mufes, chantez fes glorieux exploits,
Vous n'avez jamais eu de fi belle matiere,
Pour mêler mes accords à vos fçavantes voix,
J'interromps ma cariere ;
Chantez, vos Nourriffons
Rediront vos Chanfons.

Les *Muses* se disputent l'honneur de la preference.

CLIO.

C'Eſt à moy qu'apartient la gloire
De faire ſon Hiſtoire.

URANIE.

C'eſt à moy de porter ſon nom juſques aux Cieux.

CALLIOPE.

C'eſt à moy de parler de ſes faits glorieux.

MELPOMENE.

C'eſt à moy de décrire
De tant d'évenemens,
Les ſuccez étonnans.

POLYMNIE.

C'eſt à moy de les dire.

Elles repetent enſemble ce dernier Vers, &
Terſiade, *Thalie*, *Euterpe* & *Erato*, ne ſe reſervent
que l'avantage de travailler à ſes plaiſirs.

Nous ne cherchons qu'à plaire,
C'eſt noſtre unique affaire,
Mais joignons nos deſirs ;
Celebrez ſa Victoire,
Et pendant qu'il ſonge à ſa gloire,

Nou.

Noûs songerons à ses Plaisirs.

Les *Poëtes* avoüent leur impuiſſance , & confeſſent que leur genie ſuccombe ſous la grandeur de
ce ſujet.

POETES chantans.

IL faut ſe taire,
Et confeſſer,
Que la loüange eſt temeraire,
Quand le ſujet l'a doit paſſer ;
Quoy qu'un juſte devoir, ait voulu nous preſcrire,
Quoy qu'il puiſſe inſpirer,
Prenons le party d'admirer,
Il en fait plus qu'on n'en peut dire.

APOLLON.

C'eſt aſſez de l'avoir voulu,
Et l'aveu de ſon impuiſſance,
Quand on a fait ce qu'on a pû,
Rend eloquent le plus profond ſilence,
Retournons dans les Cieux,
Demander le ſecours de tous les autres Dieux.

Ils repetent enſemble.

Quoy qu'un juſte devoir, ait voulu nous preſcrire,
Quoy qu'il puiſſe inſpirer,
Prenons le party d'admirer,

D

Il en fait plus qu'on n'en peut dire.

Le *Parnaſſe* ſe retire inſenſiblement ; les *Poëtes* demeurent ; les uns preſentent des Vers aux Dames en danſant, & les autres confeſſent qu'ils ſont plus propres à parler d'amour.

POETES chantans.

Les tendres Chanſonettes,
Les Ieux charmans,
Des Amans,
Leurs plaintes ſecrettes,
Leurs racommodemens,
Et les douceurs parfaites
De l'amoureux lien,
Seront noſtre entretien.

VN POETE.

Belles de qui les charmes
Captivent les cœurs,
C'eſt par vos douceurs,
Qu'en ſortant des alarmes,
Les plus heureux Vainqueurs,
Peuvent juger du ſuccez de leurs Armes.

Les Inſtrumens reprennent & tous enſemble repetent.

Les tendres Chanſonettes

Les Ieux charmans
Des Amans,
Leurs plaintes secrettes,
Leurs racommodemens,
Et les douceurs parfaites
De l'amoureux lien,
Feront noſtre entretien.

Deux Poëtes continüent.

La plus belle Couronne
Eſt ſans appas,
Quand ce n'eſt pas
La beauté qui la donne,
Et quelque éclat qui l'environne,
Celuy de deux beaux yeux
Brille bien mieux.

Les uns recommencent leur danſes & les autres
pour finir l'Intermede repetent.

Les tendres Chanſonettes,
Les Ieux charmans
Des Amans, &c.

SECOND INTERMEDE.

ON joüe le ſecond Acte de la Comedie, qui
n'eſt pas ſi-toſt finy que la décoration fait place

à une vaſte mer, dont le rivage eſt bordé de rochers
& ſemé de coquilles ; des *Tritons* & des *Nereïde*
ſortent du fond de l'eau, & annoncent la venuë d
Neptune. Ce Dieu paroiſt au milieu de toute ſa Cour
& l'invite à reconnoiſtre le Roy, pour le plus grand
Roy du monde.

NEPTVNE.

HVmides Deïtez, ſortez du ſein de l'Onde,
Reconnoiſſez Loüis, pour le plus grand des Rois
S'il a mis dans vingt jours un Eſtat aux abois,
Il ne luy faut qu'un an, pour conquerir le monde.

Pour vaincre & pour charmer, ce Roy n'a qu'à
       paraiſtre,
Tout cede, & tout ſe rend à ſes talens divers,
Et c'eſt pour ne donner qu'vn Maiſtre à l'Vnivers,
Que le Ciel l'a formé le plus digne de l'eſtre.

Les Divinitez des eaux obeïſſent aux Ordres de
Neptune.

CHantons les exploits
    Du plus grand des Roys,
Et du bruit de ſon nom dans nos grotes ſauvages,
Faiſons retentir ce rivage
Plus redouté que Mars, plus charmant que l'Amour,
Heros de Paix, Heros de Guerre,
On le voit tour à tour,
D'alegreſſe & d'effroy remplir toute la terre.

De

Des Vents qui paroissent en l'air, & d'autres qui sortent du fond de ces rochers, commencent à troubler les flots ; mais *Neptune* arreste aussi-tost leur fougue. Les uns s'envolent, & les autres se precipitent dans des cavernes, qui s'ouvrent, & se rejoignent incontinent apres.

NEPTVNE.

REntrez, mutins, rentrez, dans vos grottes profondes,
Et sur la Terre & sur les Ondes,
Respectez ce qu'on fait en faveur de LOÜIS ;
A recevoir ses loix, les Nations sont prestes,
De l'éclat de son nom les Dieux sont éblouïs,
Et vous osez troubler ses Plaisirs & ses Festes.

Pendant que les Vents se retirent, *Neptune* continuë.

Ce grand Roy sçait calmer les plus fortes tempestes
Et peut également
Sur l'un & sur l'autre Element,
Porter ses rapides Conquestes.
Rentrez vents importuns dans vos antres profonds,
Et vous Tritons
Vous Nereïdes,
Sur les pleines humides
Faites entendre vos Chansons.

Neptune rentrē dans ſon Palais, & ſa Courſe
réjoüit de la tranquillité renduë à la Mer.

LA COVR DE NEPTVNE.

LE calme, ſuccede à l'orage,
Les Vents les plus mutins, ont fait place aux
    Zephirs;
Ainſi deſſous les Loix où l'amour nous engage,
Apres les pleurs ᷒ les ſoûpirs,
On a de tranquilles plaiſirs.

TROIS TRITONS.

Il n'eſt que d'haſarder, l'Amour veut qu'on s'em-
    barque,
  Quand les Vents ſeroient déchaiſnez,
  Quand les Flots ſeroient mutinez,
Il n'eſt que d'haſarder, l'Amour veut qu'on s'em-
    barque;
Avec un peu d'effort,
On arrive toûjours au Port,
Quand on ſçait conduire ſa Barque.

DEVX NEREIDES.

Ne vous attirez-pas, vne fiere Beauté,
Et quand ſa cruauté
S'eſt declarée;

Attendez un retour, on n'a jamais esté
Contre Vent & Marée.

Tous ensemble.

Amans ne vous rebutez point,
On gagne la plus inhumaine
Avec un peu de soin,
Et l'on va bien viste & bien loing,
Quand c'est l'Amour qui meine.

VN NEREIDE.

Les Zephirs les plus doux sont bien souvent trom-
    peurs,
En Amour il faut toûjours craindre,
Toûjours gemir, toûjours se plaindre,
Pour en asseurer les douceurs.

VN TRITON.

Quand le calme a suivy l'orage,
N'en peut-on pas goûter en repos les plaisirs?

LA NEREIDE.

Quand un severe Amour engage,
Doit-on estre un moment, sans crainte & sans desirs?

LE TRITON.

C'est moins aymer que sçavoir feindre.

LA NEREIDE.

C'eſt aymer d'un parfait Amour.

LE TRITON.

Il faut gemir, ſoupirer, & ſe plaindre.
Mais toſt ou tard les Plaiſirs ont leur tour.

La Cour de *Neptune* ſe retire, & pluſieurs Matelots, que l'apprehenſion de la tempeſte avoit obligez à prendre terre, viennent ſe réjoüir de ce calme, & figurent avec leurs Ancres & leurs Rames.

TROISIEME INTERMEDE.

Le troiſiéme Acte de la Comedie ſe joüe, & eſt
ſuivy de cet Intermede.

ON voit de vaſtes prairies ornées de fleurs, & coupées de ruiſſeaux, qui ſerpentent agreablement le long de ces fleurs, dont des Bergeres font des guirlandes, pour recompenſer la conſtance de leurs Bergers; les uns gravent les chiffres de leurs Bergeres ſur l'écorce des arbres, & les autres y attachent leurs houlettes, pendant que des Silvains font une danſe champeſtre au ſon des chalumeaux, des Fluttes & des Muſettes, dont joüent d'autres

Silvains

Silvains , qui sont branchez sur des arbres : Les
Bergers dansent à leur tour avec les Bergeres à la
place des *Faunes* qui vont considerer les chiffres
qu'ils ont gravez, & se joüent avec leurs houlettes,
en faisant une autre danse au fond du Theâtre.

Le Dieu Pan & la Deesse Palés avancent à leur
teste, pour se réjoüir avec eux du bon-heur & du
repos, que ce grand Roy a establi dans leurs campagnes.

DIALOGVE DE PAN ET DE PALE'S.

PAN.

SOus le feüillage épais des plus sombres bocages,
Nous chãtons nos amours dessus nos chalumeaux;

PALE'S.

Et dans les plus gras pâturages,
Nous menons paistre nos troupeaux.

Tous deux.

Ce repos plain d'appas & cette paix profonde,
Sont des fruits du retour
Du plus grand Roy du monde.

PAN.

Ne chantons que pour luy dans ce charmant sejour.

PALE'S.

Et faisons repeter aux choses d'alentour.

Tous deux.

Ce repos plain d'appas & cette Paix profonde,
Sont des fruits du retour
Du plus grand Roy du monde.

PAN.

Nous voyons tous nos vœux exaucez pour jamais.

PALE'S.

Et nostre bon-heur va plus loin que nos souhaits.

PAN.

Il conserve nos bois.

PALE'S.

Il deffend nos prairies.

PAN.

Il prend soin de nos champs.

PALE'S.

Et de nos Bergeries,

Tous deux.

Mêlez vos voix,

PAN.
Silvains,

PALE'S.

Bergers,

Tous deux.

Vous ne sçauriez mieux faire,
Que le soin de vos Vergers
Cede à celuy de plaire,
Silvains Bergers,
Vous ne sçauriez mieux faire.

Les *Silvains* & les *Bergers* suivent les ordres
de Dieu & de la Deesse.

DE mille fleurs couronnons ses Autels,
Rendons-luy les honneurs qu'on doit aux im-
    mortels,
Et celebrons une nouvelle Feste,
De mille fleurs couronnons ses Autels,
Rendons-luy les honneurs qu'on doit aux immortels.

Des Amours à mesme temps détachent une Mirte
du mont Ida, qui paroist dans l'enfoncement du
Theâtre ; des *Driades* sortent du tronc des arbres,
avec des branches de Lauriers ; des Fées aportent

un Autel fur lequel on les pofe; & pendant que les uns en font des Couronnes en danfant, les autres repetent.

De mille fleurs couronnons fes Autels,
Rendons-luy les honneurs qu'on doit aux immortels,
Et celebrons une nouvelle Fefte :
Il s'eft acquis ce droit par fes travaux Guerriers,
Mélons un peu de Mirte aux fuperbes Lauriers,
Dont la gloire couvre fa tefte ;
De mille fleurs couronnons fes Autels,
Rendons-luy les honneurs qu'on doit aux immortels.

Le Dieu & la Deeffe reçoivent des mains des *Faunes* & des *Bergers*, les Couronnes qu'ils ont faites, & les arengent fur l'Autel que les Amours viennent orner de fleurs.

PAN ET PALE'S.

Q*Ve tout fe raffemble*
Dans cet heureux jour,
Ioignez-vous, & chantez tour à tour
Ha! que la Gloire & l'Amour,
S'accordent bien enfemble.

Les *Bergers* chantans, repetent ces parolles, & les autres figurent autour de l'*Autel*, qui difparoift avec les *Fées*, les *Driades*; entrent dans le tronc des arbres, d'où elles eftoient forties; les *Amours* qui

revolent

revolent sur le mont Ida, emportent les Couronnes de Mirte, & de Laurier, & laissent aux *Bergers*, à la place, des Festons de fleurs, avec lesquels ils se joüent, & repetent.

> *QVe chacun assemble*
> *Dans cet heureux jour,*
> *Les ornemens de ce charmant sejour,*
> *Et chantons tour à tour,*
> *Ha ! que la Gloire & l'Amour,*
> *S'accordent bien ensemble.*

Vn d'entre-eux pressé de sa passion, & croyant que le temps est favorable, pour en parler à celle qui l'a fait naistre, la prie d'y répondre ; mais la *Bergere* luy dit qu'il prend mal son temps, & les autres avoüent qu'en amour tout dépend de le sçavoir bien prendre.

LE BERGER.

> *Les doux Plaisirs sont de retour.*
> *Tout prend part au bon-heur que le Ciel nous envoye;*
> *Si vostre cœur s'ouvre à la joye,*
> *Ne le fermez pas à l'amour;*
> *Dans un si favorable jour,*
> *Les Bergeres*
> *Moins severes,*
> *Doivent donner à nos desirs,*
> *Quelque part aux communs Plaisirs.*

G

LA BERGERE.

Quand un Berger imprudent & peu sage,
Fait son bon-heur de celuy du Hameau,
Et qu'il trouve un Plaisir nouveau,
Dans celuy qu'on partage :
Si jamais loin des yeux jaloux,
Il en demande de plus doux,
La Bergere
Plus severe,
Doit luy répondre en colere,
Tout le monde est content, de quoy vous plaignez-vous.

Les Bergers & les Bergeres qui les ont entendus,
s'aprochent d'eux, & concluent sur cette avanture.

Dans l'amoureux mystere,
Il ne faut plus songer
A chercher l'heure du Berger,
La principale affaire,
Quand on veut s'engager,
C'est de trouver celle de la Bergere.

QVATRIESME INTERMEDE.

IL suit le quatriéme Acte de la Comedie, & le Théâtre devient un superbe Palais, les galeries & les balcons sont ornez des differens instrumens qui servent aux Arts & aux Sciences.

Pallas & *Mercure* descendent dans ce Palais, où les *Arts* & les *Sciences*, que ce grand Roy a restablis par ses soins, & fait fleurir par ses liberalitez, viennent reconnoistre qu'ils luy sont redevables de leur grandeur & de leur lustre.

PALLAS ET MERCVRE.

Dans un indigne oubly, les Arts & les Sciences,
Languissoient tristemēt, sans rāg & sans employ,
Quand cet Auguste Roy,
A relevé nos esperances.

PALLAS.

Leur restablissement augmente leur splendeur.

MERCVRE.

Ce qu'ils avoient perdu de l'ancienne grandeur,
Il le repare avec usure.

PALLAS.

Il a plus fait, le Regne des Cesars,
Ce temps si fameux pour les Arts,
N'estoit de celuy-cy, qu'une foible peinture.

MERCVRE.

Rome dans son estat pompeux.

Vit son Ovide mal-heureux,
Homere chez les Grecs eut une vie obscure.

Tous deux.

Fortuné peuple de Loüis,
Que le bon-heur dont tu joüis,
Doit inspirer d'envie.

Ils invitent les *Arts* & les *Sciences* à travailler conjointement pour sa gloire.

Vous qui reconnoissez nos Loix,
Publiez ses rares exploits,
Et consacrez ses Vertus & sa vie.

Le *Dieu* & la *Deesse* remontent au Ciel dans le mesme Char, qui se separe en deux & se croise differemment.

Les *Sciences* qui se font placées dans les galeries de ce Palais, executent ce qui leur est ordonné.

CHOEVR DES SCIENCES.

TRavaillons à l'envy pour faire son histoire,
Employons aujourd'huy,
Tout ce que nous tenons de luy,
A celebrer sa gloire,
C'est-nostre unique appuy,
Travaillons à l'envy pour faire son histoire.

La

La Nymphe qui preside à la Geometrie.

Pour exercer son bras victorieux,
Il faut vn nouveau monde.

Celle qui preside à l'Astrologie.

Et sa valeur qui n'a point de seconde,
Ne peut avoir de bornes que les Cieux.

LES SCIENCES repetent.

Travaillons à l'envy pour faire son Histoire,
Employons aujourd'huy
Tout ce que nous tenons de luy
A celebrer sa gloire,
C'est nostre unique appuy,
Travaillons à l'envy pour faire son Histoire.

VN DES ARTS.

Soit dans la Paix, soit dans la Guerre,
On ne nous exerce pas moins.

VN AVTRE.

Et la Conqueste de la terre
Ne nous priveroit pas du moindre de ses soins.

Ensemble.

Gravons son nom au Temple de memoire,
Et rendons-luy des honneurs immortels,

H

Avec moins de vertus, de charmes, & de gloire,
Auguste s'acquit des Autels.

Le Temple de Memoire paroiſt dans l'enfoncement du Theâtre, & l'on y voit les Statuës des plus grands Heros de l'antiquité.

Les *Arts* y gravent ſon nom, & appellent les plus habiles Sculpteurs pour travailler à ſa Statuë. Ils l'élevent ſur vn Arc de Triomphe, que des Architectes & des Peintres viennent orner de bas reliefs, où ſont repreſentées ſes actions & ſes Victoires, pendant que les Sciences repetent.

Gravons ſon nom au Temple de memoire,
Et rendons-luy des honneurs immortels,
Avec moins de vertus, de charmes, & de gloire,
Auguſte s'acquit des Autels.

Auſſi-toſt que la Statuë du Roy eſt élévée, toutes les autres diſparoiſſent, pour marquer qu'il efface la gloire de tous les Roys, & de tous les Conquerans. On entend en meſme temps un Oracle du fond du Temple, qui par d'heureuſes Predictions, ſemble augmenter la felicité de ſon Regne.

ORACLE.

*Q*uand apres cent combats divers,
LOUIS *ſe ſera fait craindre à tout l'Vnivers,*
Et qu'il voudra donner à la moitié du monde,

La Paix dont il eſt ſeul Arbitre tout-puiſſant,
Il ira dompter l'autre, & l'orguilleux Croiſſant
Eſprouvera ſa valeur ſans ſeconde.

Apres cet Oracle, le cinquieſme Acte de la Comedie ſe joüe, & cet Epilogue le ſuit.

EPILOGVE.

DE ſuperbes Trophées d'Armes font la décoration de ce dernier ſpectacle ; Le Dieu *Mars*
avance au ſon des Trompettes ; & au bruit des
Timbales, il eſt accompagné d'une troupe de combatans, & ſuivy des Nations qui s'empreſſent pour
ſe ranger ſous la domination d'un ſi digne Vainqueur.

MARS.

QVel nouveau Mars! quel Demon de la guerre
Semble me ravir ſur la terre,
Le droit de preſider au deſtin des Combats,
La rigueur des ſaiſons, les murs les plus durables,
Les rivieres les moins gayables,
Rien ne peut reſiſter à l'effort de ſon bras.

Tout éclatant de vertus & de gloire,
On le voit porter ſa victoire,
Dans le cœur des Vaincus, comme ſur leur rempars,

C'eſt peu que l'Vnivers tremble au bruit de ſes armes,
Il triomphe encor par ſes charmes,
Plus que par les exploits dont il étonne Mars.

CHOEUR DES NATIONS.

NE nous oppoſons plus à ſes juſtes deſſeins,
Puiſque tous nos efforts ſont vains,
Et profitons de l'eſtat où nous ſommes :
Noſtre bon-heur dépend de vivre ſous ſes Loix ;
Il ſurpaſſe en valeur autant les autres Roys,
Que les Roys ſurpaſſent les hommes.

Les Combatans qui portent ſur leurs Boucliers des deviſes à la loüange de cet heureux Monarque, apres avoir diſputé quelque temps l'honneur de luy élever un Trophée d'Armes, s'accordent pour luy en dreſſer un, pendant que les Nations repetent.

Ne nous oppoſons plus à ſes juſtes deſſeins,
Puiſque tous nos efforts ſont vains,
Et profitons de l'eſtat où nous ſommes ;
Noſtre bon-heur dépend de vivre ſous ſes Loix,
Il ſurpaſſe en valeur autant les autres Roys,
Que les Roys ſurpaſſent les hommes.

La *Renommée* ſuivie des Genies vient enlever ce Trophée, dans le Palais de Iupiter, où tous les Dieux ſont aſſemblez pour le recevoir.

LA

LA RENOMME'E.

SA valeur l'a conduit au comble de la gloire,
Et la posterité,
Qui n'en trouvera point d'exemple dans l'Histoire,
Doutera de la verité:
Elevons jusqu'aux Cieux ce superbe assemblage,
Et sans differer davantage,
Allons le consacrer à l'immortalité.

Elle part dans son Char par un vol rapide, les Genies l'a suivent chargez de ces Trophées ; le Palais de Iupiter paroist dans toute sa gloire, & les Dieux reçoivent cet heureux dépost.

CHOEVR CELESTE.

C'Est le Chef-d'œuvre de nos mains,
C'est nostre plus parfaite Image ;
Couronnons nostre Ouvrage,
Et qu'il porte nos Loix au reste des humains.

SATVRNE.

Ie renderay son regne aussi long qu'il est beau.

IUPITER.

Ie luy presteray mon Tonnere.

MARS.

Il sera reconnu pour le Dieu de la Guerre.

I

APOLLON.

On le verra briller d'un éclat tout nouveau.

IUNON.

Chacun se rangera sous son aymable Empire.

DIANE.

Il possede luy seul le grand Art de regner.

PALLAS.

La prudence par tout le sçait accompagner.

MERCVRE.

Ie luy cede en l'Art de bien dire.

L'AMOVR ET VENVS.

Autant qu'il se fait craindre, il sçait se faire aymer,
Et comme il peut tout vaincre, il a pû tout charmer.

Tous les Dieux repetent.

C'est le Chef-d'œuvre de nos mains.
C'est nostre plus parfaite Image,
Couronnons nostre Ouvrage,
Et qu'il porte nos Loix au reste des humains.

Les Nations redoublent leurs hommages, &
chacun luy presente les Hyeroglifes qui la distingue,

pendant que le Ciel & la Terre s'uniſſent pour chan-
tes ſes loüanges.

CHOEUR GENERAL.

SOn bon-heur eſt extrême,
Il eſt aymé des Hommes & des Dieux,
Et l'on ne voit rien ſous les Cieux,
Au deſſus de luy que luy-meſme.

A PARIS.
Chez CLAUDE BARBIN, au Palais, ſur le ſecond Perron de la Sainte
Chapelle 1673.

Avec Permiſſion.